THE SPLINTERED SIGHNESS (HINDI)

STORM OF SHATTEREDNESS

SUMEET KUMAR

ISBN 979-888546067-5

Sumeet Kumar

Sumeet Kumar,A adult who experiences many phases of love in his life , get broked many times , stands up every time and keep moving to the next phases of the life.In reality he is a writter as well as singer (as a hobby).

Very exciting and interesting fact about him is that he is aauthor of New era i.e. he starts his journey of writing at the age when he was going to schools to get the study.His some famous works i.e. Maturity Of Love (Genre - Love),Privacy For Dream (Genre - Middle Class), Army Squad ofLove (Genre- The Seperation of Army Love), 5 Days of Love(Genre- Temporarily Love), Th e Endearment Of Love(Genre - Historical Era Of Love), Social Destruction Indo-Pak (Genre - The Story of The Love At The Time Of Division Of India And Pakistan), Middle Class Soul (Genre - The Dreams of Middle Class), The Accursed Kanatpur (Genre -The Horrific Story Of A Village), Wrong Number (Genre -The Suspenseful Physco Killer Story), The Secrecy OfDeadly Midnight (Genre - The Suspense About a Crime),Fragile Religious Of Death (Genre- The Death Of A TrustfulPerson), Nature Vs Science (Genre - The Future Battle Between Nature And Science In A Horrific Way), Generic Man (Genre - The Dream of I.I.T), The Unconsious 12 Hours(Genre - The Illusion At Stage Of Comma), The StrangeBurden (Genre - The Burden Of Love) , Her Existence (Genre- The Female Pain In The Society) , Jockstrap Prize (Genre -The True Story Of A National Athlete) , H Man [Hindi] (Genre - Superhero Tragic Story), H Man [English] (Genre - Superhero Tragic Story) , Maturity Of Love [Englsih] (Genre - Love). are available on various geners on the offcial platform of **Amazon, Flipkart and Notionpress**. You can buy them from there.

Contents

ACKNOWLEDGEMENTS

AMAN KUMAR

Special Thanks to **Aman Kumar** who worked so hard in the preparation of this book. He has continually put with my passive voice, omission of words, and late night calls. You have be en wonderful. Thanks to him for his precious time in reviewing proposals , individual chapters and early drafts, along with his suggestions on the applicability of the material to the world.

I

ACCEPT YOU ARE BROKEN

Mohabatt aur sapne dono alag nahi kyunki tuttna toh dono mein tay ,ha sayad dard kam ho kishi ek mein per safar har waqt ek hee hai ,mohabaat ish zamane mein har kishi ko chaiye ,har kishi ki tamana yehi hoti hai ,per kyun hoti hai ,kisliye karna hai kabhi kishi ne socha bhi hai ,hazaro dafa uska naam lena ,sab kuch bhulkar bash uhse cahna ,yeha tak uske liye purri duniya se ladna jishe ham parivaar bhi kehte hai ,kya ishe mohabatt kehte hai ,mujhe toh ki akhie mohabatt kehte kishe hai ,per ha itna zarror janta hun ki agar koi ek bikhar jaye kishi raste mein toh dusre ko ushe sambhalna chaiye ,pee sayad ishe bhi mohabatt nahi kehte na ,har jagah ghum chuka hun ,har ek mandir mashjid gurudware mein chakkar laga chuka ki akhir mohabatt kehte kishe hai ,per aaj tak ish saval ka sahi javab nahi mila ? mohabatt kabhi ki nahi per aehsaash aab bhi hota hai ki vo mere sath hokar bhi ush waqt mere sath nahi thi ,aur sayad mein bhi kabhi uske sath nahi tha ,kyunki agar hota toh vo mere pass hoti na ki mujhseh u ruth kar kahi aur chali jati ,ham jishe duniya mein behad cahta hai akhir vhi hamse durr kyun chale jate hai ,har waqt sabne yehi kaha ki kishi cheez ko agar shiddat se karoge toh vo tumhe hassil zarror hogi ,akhir kaun shi shiddat ki baat karte hai vo jo mujhe aajtak nahi mila yeh maine ushe taaalsah nahi kiya ,waqt beet chuke halat aur bhi khrab ho chuke hai mein tutt chuka phir bhi jinda hu kyun akhie kya baat thi usme ki mujhe aaj tak meri nafs ke bina vo mujhe jinda rakhti hai ,agar koi saksh apki mohabatt mein jana cahta hai toh jane do na ,ushe rauk kar khud ko taqleef dena kaun shi mohabatt ka naam hai ,ha mein janta hun aasahan nahi hota kishi ko purri duniya kar ek hee pal mein hona ,per kya fyada aishi duniya jo apko taqleef de ,aur aishi raaho per apko chhod kar chali jaye jaha se laut aana sayad namumkin sa ho jata hai ,behad tutt chuka isliye sayad meri baateion bhi kishi ko acchi na lage per agar jahir nahi kiya toh ush dard aab aur nahi jhel payunga ,mohabatt thi yeh hai ye sab kuch aaj kehna cahta ,har vo lamha sabke samne jahir karna cahta hun jisne mujhe aandar se todd kar rakh diya ,mein khud ko uski yaadeion mein bhul chuka tha ,mein kaun hun mera wajood kya hai ,yeha tak ki meri aadat bhi .

"

"JUST
REMEMBERING
SOMEONE
IS NOT
LOVE
BECAUSE
NOWDAYS
FORGETTING
SOMEONE IS
ALSO A
LOVE .""

logg kehte hai ki waqt ke sath jhakm bhar bhi jaate hai ,toh abhi tak mera jhakm itne taaja kyun hun ,mere bhi bharne chaiye thhe na ,toh mere bhare kyun nahi ,kyun aaj bhi uski yaad mujhe sone taka nahi deti ,koshish toh karte per har waqt harr jata hun ,saman ne toh u mard ka naam dekar keh diya hai ki ladke rote nahi ,kyun ham ladko mein bhavaanaein nahi hoti ,kya hame dard nahi hota ,hame rona nahi aata ?

ish duniya ki har ke mehfil mein har ke din har kishi ka dil tutta hai per kuch hai jo baayan kar jate hai aur apne dard ko bhulane koshish karte hai ,aur vhi dusri jagah kuch aishe bhi hote hai jo ush dard ko apne aandar chupa kar ush dard ko har roj jhelte hai ,agar ish duniya mein koi cheez mehnat ke bina nahi milti hai toh mohabatt bhi vhi hai ,vo bhi aashan se nahi milti aur agar mill bhi jaye toh vo mohabatt nahi ek sauda hota hai jishe ham bhari mehfil mein jismo ke khel kehte hai . har dafa ushe yaad kar ke aaj bhi kahi dil ki ibbadat ko samja nahi pata ki aab vo mujseh kaffi durr chali gayi hai ,aab vo laut kar nahi aane vali mere pass ,bhul jana chaiye mujhe aur bash aage badhna chaiye ,per kyun nahi mante mein meri ruhh abb bhi ushe hee yaad karke mujhe har waqt aage badhne se rauk kyun deti hai . do pal ki mohabatt saath janmo ka vaada ye sab ek juthe naate hai jishe fareb ki duniya mein bade acche se bhula diya jata hai ye kehkar ki mein tumhare layak nahi hun ,toh kaun hai ish duniya mein mere layak hai ,mere dard jo tumse mile hai ,yeh vo chaanda lamhe jo tumne mere sath bitaye hai ,ye tumhare mujseh durr jana vo bhi bina kuch kahe , mein janta hu tum mujhe pasand nahi karti sayad koi aur mill gaya hoga tumhe per iska matlab ye toh nahi na ki tum mujhe ish kadar bhula de jaishe ki tumne mujhe kabhi dekha hee nahi hai ,ha jante hua mein sabki ki tarah behtar nahi per yaar inta bhi zyad alag nahi hun ki tumhari mohabatt ko samaj na saku ,mauka toh dena chaiye trha na agar koi galti ho gayi ho toh ,per ish kadar tumhare mujseh ruth jaana mujhe aandar he aandar maar dalega ,seh nahi payunga uhs dard ko jo tumse mila hai ,marr baih nahi sakta kyuni mere sapne jo mere ma baap ne dekhge hai vo mujhe abhi purr bhi karne ,aur tumhare boina ek pal jeene ki koshish bhi nahi kar sakta ,koi toh bata do ki ish dard ko khud se alag kaise karu kyun aab rauka nahi pa raha khudko bash tutt raha hun aur sayad ek din itna tutt jayun ki samsaan se pehle hee meri rakh tumhari dusri mohabatt ke shaap bann jaye .

“

"TIME
HAS CHANGED

BUT
THE
SHOCK
IS STILL DARK
IN HER
YARD""

mein yeh baateion kyun keh raha hu ,kisliye keh raha hu iske peeche kayi aishe raaz hai jo har kishi ke hisse mein sayad shammil na ho per kabhi na kabhi kishi ne toh ye aehsaas zarror kiya hoga ki akhir mohabatt ek taraf cahat hai jo hame vo khua hamare hisse mein kabhi nahi deta. per vo dard ki mehfil hamesha hamare sath hee hoti hai ,har waqt hame ish kadar cahti hai ki jab tak ham tutt na jaye ,tab tak vo hame chhodti nahi hai ,ham kabhi ye nahi sochte ki ish duniya mein ham kyun aaye hai bash itna jante hai ki zindagi mili toh jeene ki koshish karte hai bakki toh apni ksimat hame jaha lekar chalegi sath chal dege uske safar mein ke mushafir ki tarah .

"

"THE GRAVE
IS
READY BUT
THE ONLY
DIFFRENCE
IN HER LOVE
IS THAT
SHE DOES
NOT WANT
TO BE INVOLVED
IN MY

GATHERING""

khair apne darad ko ue hee baayan kar diya toh meri mohabatt bhi inhe ki sath kahi aishe safar per chali jayegi jaha se na toh mei apne dard baayan kar payunga na hee ush mehfil ki khsi ko jo usne mujhe di thi vo bhi dard ke sahil mein. apni kahani suru karne se pehle ye zarror kehna chata hun ki ham ladke hai janab hame apne parivaar ki khusiyan aur kishi ki duniya dono sambhalne parti hai cahe vo hamse khush rahe cahe na rahe ,ye waqt aane per vo hamare sath hee kyun na chhod de ,per ham kabhi unse durr nahi jate ,har waqt ek sahara bann kar rehte hai ki kahi vo hamse durr na chale jaye ,apne aasyun rauk kar dusre ki khusiyan mein shammil hona ,chere ki udashi ko chipkar uspe banabati khusi lana kyunki kishi aur ki mehfil hamare wajah se kahi bikhar na jaye . agar mohabatt hui hai tumhe bhi aur ushe bhi toh safar dard ka koi ek hee kyun jhele ,sath mein kyun nahi jhele sakte dono kyunki mohabatt toh dono ko hui hai na toh samsaan ki rakh sirf ek ki hee kyun saje ,ek hee kyun lade purri mehfil mein kishi aur ke liye ,saath janmo ka vaad karte ho toh nibaho na do hee pal mein kyun todd dete ho ,har koi nahi hota jo tumhari bewafai ko jhel sake ,har kishi ka dil pathar ki tarah nahi hota jo tumahri chhot ko bina kuch bash sehta jaye ,agar kaanch ki tarah hua toh yeh toh jald tutt jayega ,ye ushe duniya ki baateion todd degi .

sambhalna mushkil hota hai per itna bhi nahi ki tum khud se durr cahle jayo uski ek aishi yaadeion mein jaha uske saaseion bhi tumhare liye nafrat ki deeware bann jaye . khairat agar ki hee thi mujhe chhodne ki toh phir vo lamhe kyun dihkhaye bhavishy ke jaha sirf tum thi aur ek mein ,farb tha keh den achiaye vo bhi seh leta tumhari mohabatt mein ,yeh ye bhi bol dena chaioye tha ki bash tumahre dil ke sath khel rahi hun ,mein toh tumhe vo cheez khelne ke liye bhi de deta,per ish kadar khelna tha toh tumhe mein hee kyun mila? agar aaj vo meri baateion ko sunn rahi hogi yeh jo khath maine uski mohabatt mnein likha ,bash ushe itna kehna cahta hun ,agar tu khush hai toh reh yaar per kishi aur ka dil todne se pehle ye zarror socha lena ki vo saksh aandar se kamjoor na ho ,kyun agar ek baar tutt gay toh kabhi khud ko sambhal nahi payega ,aur meri tarah hua toh sayad kabhi tumhe bhula nahi payega ,kyunki har waqt tumhari yaadeion aayegi ,mein ish safar se ja nahi raha hun ,na hee maut ki guzarishga karunga ,kyunki mein kayar nahi hun ,ha bash tutt hee toh gaya hun aur sayad waqt ke sath khud ke dard ko sambhalne bhi sikh lunga ,mein kishi ko badnam karne ke liye apne alfaaz nahi likh raha hun bash isliye likh raha hun ki sayad meri tarah ish duniya mein koi aur na bane ,jaisha maine kiya hai uski mohabatt mein koi aur na kare vo kehte hai na satark arhe aur savdhaan bhi kyunki ye mohabatt ki laat kishi ko lagg sakti hai cahe vo saksh kitna bhi majboot kyun na ho .

“

"AFTER
ALL THE
PAIN IS ALWAYS
THE SAME
AS OTHERS
NEITHER
IT HAS
TO BE LEFT
WITH ONE
DAY
HOW LONG

WILL
IT HURT.""

guzarish hai ki kuch logg toh hoge mere jaishe jo mere dard ko mujseh behatr samjhane ki riwayat karege aur ishe kisgi mehfil ka majak banne se raukege ,kyunko jo maine khoya hai vo sayad koi aur bhi apne hisse mein kho sakta hai isliye jitni dafa aap ush mefhil ki shaan banoge vo utni dafa apko vhi dard dega jisse aap durr jana cahte ho ,maine toh apne hisse ka darda sayad jhel liya hai ,yeh sayad abhi bhi jhgel raha hun yeh mujhe khud nahi pata ,per itna pata zarror hai ki agar vo mujhseh durr rehkar khush reh sakti hai toh mein kyun nahi ?akhir mein kyun nahi koshish kar sakta ushe bhulan ki yeh usse alag hone ki ,mei bhi chat toh badal sakti hai mein bhi alag ho sakta hun usse ,mein bhi uski tarah kishi aur se khelne ki koshish kar sakta hun ,per ky sach mein ?

"***"CHANGE***
THE
HABIT
FEET DONT
CARE .""

abhi aap sab se alvida kehna ka waqt toh nahi aaya per sayd khawish ho chuki hai ,kyunki jab tak mein ish mehfil se alag nahi jayunga tab tak aap sab meri sachi nahi jaan payoge ,meri vo mohabatt nahi jaan payoge jise mein durr toh tha per khud ko hamesha uske najdeek pata tha ,jab bhi vo mujhe bulati thi har waqr bash daurr kar uske pass chala jata tha , asihi baat nahi ki sab kuch bhulakr mein aage nahi badh sakta bash sayad aab vo waqt nahi hai .

“
"ONSET
OF PAIN
IT"S
OVER
BASH THAT
GATHERING
WAITING
WHO
IS TRAINED"
”

II

UNDEFINED SACRIFICE

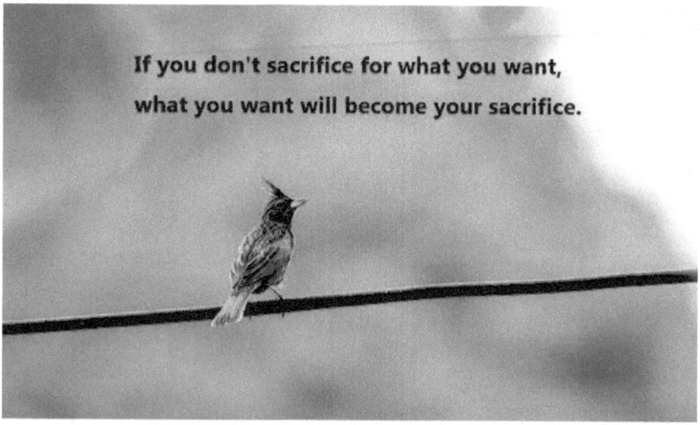

Kuch jhakm aishe bhi hai ish duniya mein jiski gehraiye kabhi koi naap nahi sakta na hee kishi ke pass itna waqt hai ki vo apke dard ko samjhe aur apke sath ush dard ki tanhaiye ko durr kare kyunki ish duniya mein har koi kishi na kishi mahatv se juda hai jishe aap dosti keh lo ,mohabatt keh lo yeh apne rishte hee kyun na ho ,ma baap bhai behen har pyaar vyaar dosti aur inki tarah kahi sab ek mahatav se jude hai ,duniya ki sachai hee yehi hai ki aap kishi ke sath zindagi bhar nahi reh sakte ,aadat mill sakti hai per kishi ki fidrat nahi ., ish duniya mein agar kishi cheez se waqif hona hai toh khud se waqif hona sikhna chaiye kyunki tumhari tarah yeh tumhare jaisha kabhi koi bann hee nahi per aajkal toh logg dusre ki tarah baane ke liye kya kya nahi karte . mein waiseh peshe se ek software engineer hun per mujhe soft naam ki koi cheez hee hai nahi kyunki kabhi socha hee nahi tha ki mujhe kabhi ye bhi karna hai yeh mein kabhi software engineer bhi banuga ,na hee kabhi sochne ki khawisha thi kyunki zindagi mein jo kuch bhi jhela hai sayad koi kabhi jhel paaye ,khair papa hamesha bolte hai ki harr jana behtar hai per rukna kabhi nahi kyunki rukne se jo jeetne ki tamana hoti hai vo kahi na kahi kaam ho jati ye waqt e sath khatm bhi ,maine apne parivaar ke baare mein toh sab kuch bata diya per khud ke baare aaj batane ja raha hun ..

“

"MULAQAAT TOH
NAHI HUI
PER CEHRA KAHI
JANA PECHANA
LAGG RAHA HAI (2)
KAHI TUM VO
TOH NAHI JISKI
WAJAH SE
TUMHARI
MEHFIL MEIN

HAMARA AANA
JANA LAGA HAI ."
"

DAY:MONDAY
DATE :12/06/2019
NEW DELHI
FARIDABAD

aaj mera pehla din hai meri company mein jaha mujhe job mili hai ,per aaj vo khushi nahi jo kabhi pehle hua karti thi ,pata nahi per khud se khush nahi hun kuch aisha mahasoosh ho raha hai ki mein yeha kyun hun jab mujeh iski cahat hai phir bhi ,kyunki har kishi ka ek sapne hota hai ki digree ke baad ushe ek acchi shi job mill ajye aur vo aaram se apna kaam kare aur apni bakki ki zindagi acche se bitaye kyunki akhir kar chaar saal ki mehnat jo lagti hai ,khair meri company ka T.T software se hai ,mujhe toh iska matlab bhi nahi hota ki akhir yeh hai kya ,khair mein aap sab ko en sab ke baare mein bata kar ooba kyun raha hun ,per vo kehte hai na kishi ki purri kahani batane ke liye uski sururaat kahi na kahi se toh karni hee chaiye kyunki isse pehle ki kahani kuch khass nahi hai isliye mein jahir bhi nahi karna cahta ,faridabad ka sabse sadharan ladka tha apni ma ,na kishi se koi matlab na hee bahut saare dost bash mein aur meri duniya aur koi nahi ha kuch dost thhe jinhone matlab ke liye dosti ki thai per mein unka zikr nahi karna cahta kyunki koi fyada nahi jo lamhe guzar chuke hai unhe chhod hee dena cahiye akhir kya fyada unka ? bachpan mein mohabatt ka naam kayi logge se suna tha ki mohabatt aishi hoti hai mohabatt waishi hoti hai aur kaishi kaishi hoti hai ,mein en sab se durr raha kyunki ghar ke halat kuch aishe thhe ki na toh mein ye kabhi cahta tha aur na hee mujhe kabhi iski sovh se guzarna tha ,per vo kehte hai na ham jish cheez se durr jane ki koshish karte hai vo hamre utna hee pass aati hai ,aur ham jiske pass jana cahte hai vo hamse utan hee durr jati hai ,bash fark itna hai ki ham kabhi samaj nahi paate ki hame karna kya hai , kyunki agar soch liya toh aap kabhi suke kareeb nahi ja payoge aur agar nahi soch paye toh aap soche bina reh nahi sakte . toh meri bhi soch kuch aishi hee thi mohabatt ko lekar ,mein sirf ush waqt apna bhavishy dekhna cahta tha per iska matlab ye nahi ki mujhse kishi ne mohabatt nahi ki kayi ne koshish toh ki thi ush waqt per maine kabhi kishi ko apne utne kareeb aane hee nahi diya isliye mujhe kabhi mohabatt hui hee nahi,per vo kehte hai na insaan k jitni khusi nahi utni milti mohabatt mein utne toh ushe dard mill jate hai ,toh mein ish haqqeqat se kaishe alag ho kar reh sakta ,kyunki aap sab ko toh pata hee hai ki mohabatt ek moh maaya aur ush moh maaya koi saksh durr nahi reh sakta aur agar durr rehne ki koshish bhi akre toh vo ushe barbaad kar ke hee jati hai . meri barbadi ki sururaat tab hui jab mein pehle din hee ush sakhs se mila jishe dekhte hee pahalee najar ka pyar ho chuka tha,logg ishe kuch aur bhi keh sakte hai jaishe ki aakarshan , sneh ,pravbhit hona aur bhi bahut kuch ,ha mein isse inkaar bhi nahi kar raha ,kyunki insaan ki soch har waqt galat nahi hoti mohabatt ko lekar ,waiseh jisse mohabatt hui uske baare mein mujeh kuch bhi nahi pata ,na naam na hee pata ,aur hota bhi kaishe mein usse ush company mein pehli baar mila tha aur mujhe yeh tak pata nahi tha ki vo mere BOSS ki beti hai ,waishe ye baat tab pata chali jab unhone ne hee apni beti se mujhe milaya tha kyuni jab ham ek dusre se takraye thhe tab vo vhi per thhe ,usne toh gaaliyon se svaagat kiya tha per uske baap ne ijjat di thi thdi shi ,ham delhi vale ki soch toh kaffi acchi hoti hai per juban ka kuch theek nahi hai ,aur usne kya gaali di ish cheez ko mujhe censor karna per raha hai kyunki vo aishi gaali thi jo kishi ameer baap ki bigral beti hee de sakti thi , per kya karu aatmasammaan dekhta toh naukri se hath dhona parta ishliye mein chup raha ,aur ush waqt kuch nahi keh paya kyunki mujhe ush waqt naukri ki kaffi zarrorat thi kyunki ush waqt papa hamare sath nahi thhe kyunki vo apni dusri patni ke sath thhe aur vo kyun thhe ish cheez se bhi parda jald hee uthega , mujhe ush waqt pehle mere ghar ko sambhalna tha ,isliye khud bhi khamosh th aur mehfil mein khamoshi bhi kayam rakhne ki koshish ki ush waqt .

"

"GARIB KI
CHADAR
MEIN
PALA HUN
JANAB
AMIRO KE
SAUKH NAHI
PALTA .""

agar koi insaan apne halat ko sochkar sant hai tho iska matlab ye nahi ki vo kamjoor hai ,kyunki iska matlab toh ye bhi ho sakta hai ko vo ush sakh se ladne hee nahi cahta ho ,kyunki kabhi kabhi sant rehkar bhi kishi tarah ki jung jeeti jati hai ,khair bakki toh aap sab jante hee ho ki ush waqt ek sakh ko kya karna chaiye ,mujhe meri na pala tha aur mujhe ush baat per garv hai kyunki mein unki tarah hee banna cahta tha ,kyunki jo mere papa thhe vo bhale hee duniya ki najro mein ek ameer insaan thhe ,per meri najro mein unki soch kishi ki garibi se kam nahi thi ,gareeb hona bura nahi kyunki asliayt mein dekha jaye toh mehnat ki udaan ki ush kutiya se he suru hota hai . isliye ush waqt maine ushe kuch nahi kaha aur mein apne kaam per chala gaya ,na hee maine ushe kuch kaha na hee kehne ki koi khawish thi ush waqt ,vo din toh kishi bhi tarah se gujar gaya per agle din ,ham phir vhi per takaraye per ish baar galti uski thi ,phir bhi sune mujhe kuch nahi kaha na hee kishi tarah ki maff mangi ,per ush din ek dusre se takrana koi ittefaaq nahi tha balki vo ek aishi sochi samjhi chaal thi jishe mein soch bhi nahi sakta . yehi se meri kahani asliayt mein suru hoti hai ,aur ek aishai ranjish bhi jo mere baap ne hee suru ki thi ,ha mere baap ne hee suru ki thi. per ye kaishe hua kab hua aur unhone aisha kyun kiya ye sab pata cahlega per uske liye kuch waqt ki mauhalat chaiye jiski wajah se mein aap sab ko ye bata sakun ki akhir unhone aisha kiya kyun tha . ush din jab vo mujseh jab takarayi toh mein toh apna kaam per ja hee raha tha per vo phir vapas aayi aur mujhseh ye kaha ki kya tum mere sath dinner per chal sakta ho ,sahi kahu toh ush waqt mujhe kuch bhi nahi pata ,aur janta bhi kaiseh kyunki kal hee toh mile thhe ,aur kal hee toh hamari ladai bhi hui thi ,aur itni jaldi usne mujhe dinner ke liye bhi puch liya ,matlab ho kya raha hai mere sath kya kishi ko pata bhi hai kyunki mujhe toh koi khabar bhi nahi hai ki akhir ek din koi skah apko kaishe mill sakta jo apka pehla pyaar bhi ho ,per vo kya mein meri mohabatt thi yeh ushe mujhseh mohabatt ho gayi thi ,yeh toh ho nahi sakta kyunki maine toh suan hai ki mohabatt mein kayi waqt gujarne parte hai hai uski ek ha ke liye ,mohalle mein bhari raateion jag kar uske sapne dekhe jaate hai ,gundo se ladaiya hoti hai ,yeha tak logg ek dusre ke dushman tak bann jatte hai . per mere sath toh aisha kuch hua hee nahi ,yeha tak ki uske baap ne bhi mujhe uska sath jaane ke liye bol diya ,maine kuch waqt ke liya ye toh soch liya tah ki kahi na kahi kuch na kuch toh galat zarror hai aur vo kya sayad mein abhi purri tarah se nahi janta ,pe utne hee der mein uske baap ne mujhe yeh aakar keh diya ki aaj ki presentation tum aur CHITRA doge ,ijishe mujhe dekhti hee mujseh mohabatt ho gayi ,per usne kabhi ye bataya nahi tha ,aur na hee maine ush waqt ye bataya tha,kyunki hamari pehli mulaqaat hee kuch aishi thi ,per vo kehte hai na jo cheez ish duniya mein aashani se mil jaye uska koi mahatav nahi hota ushi tarah ham bhi ek dusre ke liye koi mahatv nahi rakhet thhe ,per presntation ke bahane hee sahi akhir uski ranjish ush waqt kamayab hui ,aur vo ranjish kya thi ye aap sab khud hee dekh le.

“"VO RAATEION
BHI HASEEN
HOGI
JAB USKI
BAAHON
MEIN
MERE KABR
KI ZAMEEN
HOGI.
FAREB KE
BAHANE HEE
SAHI PER
TUMSE
MOHABATT
GEHRI HO
GAYI THI ."”

III

THE PHASE OF ILLUSION

Maaya ek aishi hai jo kishi ke dikhave se hokar gujarti hai yeh sayad kishi ke fareb se zindagin mein ham har roj ek naye juth ke sath zindagi jeete hai jisme hame ye pata nahi rehta ki hamari zindagi mein jo sachai hai vo hamse kaffi durr ja rahi hai ,aksar logg jo hote hai vo khud ki pechaan kabhi dikhate nahi kyunki unhe ye purri duniya hee banabati lagti hai aur ghar ek saksh dhokebazz ,waiseh toh meri mohabatt ki sururaat he dikhave se hui thi per mujhe ye nahi pata tha ki uski soch bhi ke dikhava hee hai ,mein ush waqt ye nahi janta tha ki ek mohabatt ko paane ke liye mujhe apna sab kuch chhodna parta yeha tak ki apni sachai bhi aur ruhh ke tukde ho jate hai ush waqt hame yeh pata hee nahi chalta ki ham yeha kar kya rahe hai ,ek aishi duniya ki sifarish kar rahe hai jaha hamari koi khairat hai hee nahi jeene ki , ish duniya mein ham jante hai ki jeena aashan nahi hai phir bhi koshish aishi karte hai jiske baare mein hame khud nahi pata ki ham kar kyun rahe hai ,niraasha ish had tak ush badh jati hai ki khud bhi ham yehi sochta hai ki zindagi mili hee kyun hai hame ,ham isse behtar marr hee jate ,kahi se suna tha ki agar koi ish dharatee per janm leta hai toh uska koi na koi udeshya zarror hai ,per ush waqt jab ham apne waqt ki pechaan karna bhulna jate hai ,mein yeh baateion kyun keh raha kisliye keh raha hun ,aur iska matlab kya hai mujhe bhi taba pata chala jab mein apna sab kuch ush saksh ke peeche harr chuka tha jo mere sath hokar bhi ush waqt mer sath nahi thi ,aaj bhi ush pal ki jab aahat sunta hun toh khud mein bash kahi kho jata ki maine apne ateet maine ek saksh ki vajah se kya kuch nahi khoya hai , logg ish kadar aandhe ho jate hai ki sab kuch saaf dikhte hue bhi apni aankheion per parda daal lete hai ,per kyun mein aap sab se ek hee savla pcuhna cahta hun ki do pal ki mohabatt kishi se uski ruhh tak kaseh cheen sakti hai ,mein manta hun ki rishte bhale hee tuttt jate hai kyunki vo kabhi sach hote hee nahi per kishi ki ruhh kaiseh ho sakti hai ish kadar bewafa ki vo khudke sarrer tak na pechaan sake . alfaazo ki kasme kaffi ho chuki hai ,sadeeian beet chuka hai aajkal insaan ko ye pata karte karte ki mohabatt mein akhir aishi kaun shi gurutvaakarshan hot hai jo kishi saksh ko ish kadar pagal kar deti hai jaha vo khud ke imaan tak ko beechne ke liye tayar ho jata hai ,mein aisha nahi ke kar raha ki kishi ko mohabatt nahi karni chaiye per iska matlab ye toh nahi ki aap un rishto ko bhi bhul jayo jiske vajah se apki pechaan bani hai . mein aaj jo bhi batane vala hun apne baare mein sayad kishi ko sahi bhi lage aur kishi ko galat bhi per mein agar ish soch ko kishi ke samne nahi rakh paaya toh meri zindagi bhi un do paano ki likhavt bann kar reh jayegi jiska koi mahattv hai hee nahi ish duniya mein khair sur karta hu apni ush soch ki sururaat ki jiska har ek zarrorat kahi na kahi barbadi se hee zarrori hai . akhir ek ladke ki zindagi kaishe ho sakti hai kishi ne abhi tak socha hai ,logg kehta hai ki hame padh likh kar naukri karni chaiye ,hame har waqt aage ke baare mein sochna chaiye kyunki ham ladke hai apne ghar ke elaute aishe haqdaar jo har kishi ki mushbito ko durr karta hai ,aur vo bhi kehta hai na ki mard rote nahi hai ,ksine kaha ki mard rote nahi hai ,agar ham galti se kabhi apne aasyun dikha bhi de toh usk kya matlab niklega aur kya matlab nikalana bhi chaiye mujhe toh ye bhi nahi pata ,kyunki maine khud un aasyun ke sahare se apni ek aishi mehfil sajai thi iska erlauta haqqdaar mein khud tha koi aur nahi .

ek kaffi acchi soch hai kishi ke jo ki hamare dard ki kahani ko kaffi acche se samjhati hai ,sayad vo saksh galat bhi ho sakta hai yeh sahi bhi per uski ki har ek banabat mere har dard ko aaj bhi taja kar kar deti hai.

"

"KI DUBTI NAAYO
MEIN BHI TAIRNE
JAJBA RAKHA
HAI
AUR MARD
KO DARD NAHI HOTA
YE SABNE KAHA
HAI .""

khair ish soch ki hava se mein kuch apni aishi yaadeion batane vala hun jisme ek mard ko dard bhi hua hai ,ek mard roya bhi hai aur ek mard ke aasyun bhi nikle hai hai vo bhi bhari mehfil mein jaha ushe sahara dene ke liye uski khamoshi ke ilava aur koi nahi tah yeha tak ki uski ruhh bhi ush waqt usse durr chali gayi thi .

DELHI:17:59
DAY:BROKEN

aap sab bhi ye soch rahe hoge ki maine ye din mein broken kyun kyun likha hai ,abhi jishi jagah per mein hu vha meri maut mujseh sirf kuch hee ghante yeh minat hee mujseh durr hai,bhale hee waqt ki gujarish utni nahi hai na hee mer koi khawish hai jeene ki phir bhi agar apni ush lkahani ko aap sab ke samne baayan nahi kya toh sayad mein maut ko bhi ek haadsa bata kar kishi aishi mehfil ka naam de diya jayega jaha ush saksh ki asliyat kabhi samne bahar aayegi hee nahi,mein LAKSHYA AHUJA delhi ke chhote se sehar faridabad ka rehne vala ek aisha saksh jishe khud ki soch se kabhi mohabatt hui hee nahi kyunki usne kabhi khud se mohabatt karna sikah hee nahi ,per vo kare bhi toh kay kare koi aisha sakha ushe aajtak mila hee nahi jo ushe sacchi mohabatt ka aehsaas dila sake kyunki uske bachpan mein hee uske bapu ne do shaddiyo ka dhindora jo peet diya aur ush waqt ,jisse pehli vali biwi se lakshya paida hua toh dusri vali se KANIKA AHUJA ne paida liya ,per unki soch toh dekho kyunki KARAN AHUJA jo ki mere bapu lagte hai matlab hamare pita ji jisne do shaddiyan bhi ki aur unke ghar mein aaj tak un dono ko lekar koi siyaapa nahi hua ,matlab koi jhagda nahi hua ,kyunki unki dono patniya bad hee pyar se rehti hee ji ,aur itne pyaar se rehti hai ki bagal vale padiyo ko bhi aab ye cahat hone lagi hai ki ham bhi do shaddiyan kar lete toh theek hee hota kabhi idhar toh kabhi udhar matlab ek tarah hai gharvali toh dusre taraf baharvali vala panga ho jata . mujhe toh bash ush waqt se lakar aaj marte dam tak yehi pata hai ki mein apni ush ma ka beta hun jisne mujhe har waqt burri cheezo se bachaya hai ,aur har waqt ush andhere se durr rakha hai jaha mujhe khatra tha ,kya hee kare ma ki mamta hee kuch asiahi hai per vhi mere pita jii ne mujhe ish kadar pala hai jaishe ki mein ki janvar hun, khair ye baateion bhi aage jakar hot rahegi ,kyunki isse pehle mein vo raaz batane vala hun jiski sachai bhale hee thodi karvi hogi per asliyat vhi hai .mere papa ki do patniya thi jisme se mein pehle vale ka ladka tha matlab mein apni ma ka beta tha jinka naam DIMPLE AHUJA tha aur mera papa ki dusri patni jinka naam KRITI AHUJA THA jo ki mere rishte mein kuch nahi lagti thi per samaj ne unhe bhi mer nayi mummy ke naam se pukarana suru kar diya ,jab papa ne kriti ahuja se shaddi ki tab mein sayad 15 saal ke kareeb ka tha ,aur kanika ki umar saal ki hogi ,per ek raaz se parda utha dena chat hun ki mere papa ne kriti ahuja se shaddi mere ma ke sath shaddi karne ke baad laghbhag uske teen saal baad unhone ne unse bhi shaddi karli thi per meri ma ko unhone ye kabhi nahi bataya tha kyunki ush waqt mera dadajii jinda tha matlab mera papa ke bhi papa ,toh unhone mere papa ko ye pehle hee keh diya tha ki agar tunne dimple se shaddi nahi ki toh tujhe meri kamayi ki surat bhi naseeb nahi hogi aur tujhe mein apni zayaadaad se alag bhi kar duga ,phir kya tha mera papa inta darr gaye ki unhone na toh kuch aage dekha na hee kuc peeche dekha basha shaddi ke liya ha bol di per sarrer se ,kyunki unki ruhh toh ush waqt bhi kriti ahuja mein hee aatki thi jo ki unka pehla pyaar bhi tha ,(matlab mein aaj bhi sochta hun ki kuch zameen ke tukde ke liye mere papa ne ush waqt do duniya ki barbadi ki thi ,pehli jo ki meri ma ki duniya thi jinse vo pyaar nahi karte aur dusri jagah kriti ahuja ki jishe vo itna pyaar karte thhe ki unhone iski wajah se kabhi bhi meri ma ko vo pyaar nahi diay jo vo kriti ahuja se karte thhe) agar waqt ki parchai thodi zyada hoti toh ye saval mein aaj apne papa se zarror puchta jo maine unse ush waqt nahi pucha aur na hee kabhi aage puchne ki koshish ki akhir kyun ? apne ush waqt aisha kyun kiya ? agar mohabatt sacchi thi toh irada adhura kyun tha ? agar pyar karte hee thhe toh bata dete na dadajii ko mein ye sahddi nahi kar sakta mujseh ye rishta nibhaya nahi jayega kyunki mein kishi aur se pyar karta hun,aur agar maine kar bhi liya toh sayd mein kabhi unhe khush nahi rakh payunga ,per kya kare vo bhi majboor thhe ush waqt kyunki jab purri duniya ki ek hee jaishi kahani hai toh unki alag kaishe ho sakti hai ,kyunki logg do pal ke liye sath mein jeene marne ki kasme toh kha leta hai per hamesha kabhi bhi ek dusre ke sath nahi rehte ,kyunki ish fareb ki duniya mein har koi sirf dilo ki fidrat se khelna hee cahta hai ,agar kishi ko ish sadee mein marr den jurm ka naam hai toh kishi ko apni mohabatt mein tadpane bhi ek jurm hee hai jo aajkal kishi ko dikhta nahi kyunki yeha kishi ki soch ush hadd tak pauchati hai kyunki unhe yehi lagta ki ye toh kaffi chhoti shi baat hai , dard ki koi seema nahi hoti mohabatt mein kyunki iski soch hee hamesha anantata se suru hoti hai aur akhir mein ushi per khatm bhi ,per kabhi ne iske baare mein kuch socha hee nahi ,kyunki isme kayi toh devdaas bann jate hai aur jo bachte hai vo jeene ki khawisha ko ussse durr jate hee kahtam karne ki riwayat karen lagte hai per kabhi kishi ne khud se ye pucha hai ki hame akhir kishi ki zarrorat hee kyun hai ?jab ish duniya mein ham akele aa sakte hai akele jee sakta hai akele reh sakte hai toh kishi aur ka sath hame kyun chaiye ?kyun kishi ko apne dard ki sachai batani hai jiske wajah se ye hamesha darr ki kahi vo mere dard ko purri mehfil mein kishi aur ke sath baat na de ,kyunk nahi reh sakte ham khud mein ,kyun kishi gair yeh apno ka hath tham kar hame aage varna hai kyun ?meri umar bhale hee kamm hai per duniya ke har ek fareb se waqif hun ,kyunki maine haste hue cehre ke peeche bhi rote hui sachai ko dekha hai ,aur rote hue cehre ke peeche haasti hui sachai ko ,bhale hee en sabdo ka matlab ek hoo per inki asliyat kabhi ek nahi ho sakti ,kyunki vo kehte hai na kafan mein letkar aane vale logg kabhi mohabatt ki baat nahi karte .

“

"EK VO
DARD HEE
AAJ MERE
SATH HAI
KYUNKI
BAKIYO NE TOH
KAB KA
MUHH MOOR LIYA .

CHAAND LAMHO
KI HEE BAAT
THI
USKI YAADEION
MERE SATH
THI
JEE TOH RAHA
THA
MEIN PER
MERI RUHH
BARBAAD THI." "

vo kehte hai na apna bhavishy batane se pehle apne ateet ki baateion bhi zarror batani chaiye varna kuch paane ki yaadeion ish kadar kaatne ke liye daurti hai jiski tanhaiye apko jeene tak nahi degi , aur meri kahani bhi kuch aishi hee hai jisme maine un sab se ladd kar dekh liya jo mujhe ush saksh se durr karne ki ranjish kar chuke thhe.

IV

SACRFICE THE BLOOD LINE.

maine ek baat hee keh di ki ish duniya mein rishte inte banabati ho chuke hai ki kishi saksh ki asliayat uski hasee ke peeche dikhti hee nahi hai ,aur dikhe bhi kaiseh kyun jish tarah ki vo ranjish karte hai waishi ranjihs koi aam insaan kar hee nahi sakta ,yeh har ek morr per aapko zindagi ek nayi sachi dikhayi gi agar samaj gaye waqt per toh thhek hai varna ushi ke sahare jeene ki koshish karna aaasan nahi hai ,kyonkee ye jamaana nechural hai per yeha rishte banaabatee hai jo kishi ki mohabatt se apna jitni durri bana rakho utna hee theek hai . vo kehte hai na gairo se kya sikhayat kare jab khud ke rishte apko jeene ki tamana dena hee nahi cahte ,ush din jab boss ne bola ki tum chitra ke sath aaj ka presentation dekhoge ,tab ushi waqt dono vha se nikal gaye thhe ,per mujhe ye nahi pata thi vo din meri zindagi ka akhiri din bhi ho sakta hai ,kyunki abhi abhi toh khusiyan mili hee thi bhale hee un khusiyon mein khud ko mein kabhi dhund nahi paaya per mili toh thi na,isliye ham dono new delhi ki tarah nikal chuke thhe aur jaha hamri meetinga thi ,mera matlab hai jisha jagah per thi ,ushi jagah ka naam UNITED COFFE HOUSE tha ,per jab ham dono ush waqt vha pauche toh vha koi tha hee nahi ham dono ke ilava ,isliye chitra se pucha bhi ki yeha koi aur hai kyun nahi sirf ham don hee kyun hai ,aur bakki sab staff member kaha hai ,aaj meeting thi na ,kyunki waqt toh kaffi ho chuka ,tab usne mujhe ye kehkar chup karva diya ki tum sant se reh nahi sakte ,abhi abhi toh ham aaye aur itni jaldi presentation bhi start karna hai tumhe ,meri unse baate hui thi vo sab raste mein hee hai ,sab aa rhe hai ,aur ek baat dhyan se sunn lo ki hame unki zarroart hai isliye hame unka intezaar karna hee hoga ,phir maine bhi keh diya ki thik hai mujhe maff karna mujhe pata nahi tha, phir kya din se raat ho gayi per vo nahi aaye ,aur uske bad jo hua sayad mujhe ush cheez ka andaaza nahi tha ,usne mujhe ye kaha ki mein tumse kuch kehna cahti ho maine bhi kaha ki kehiye mama kya kehna hai apko ,ha mam hee toh bolna parta mujhe kyunki akhir boss ki beti jo thi ,phir uske baad jo bhi sune kaha vo aap khud hee sun lo .

“

"INSAAN
GALAT NAHI
THA MEIN
YE AEHSAAS
SABNE MERE
MARNE KE BAAD HEE
DILAYA ."”

“***CHITRA:***
miane aaj tak apne papa se jo bhi maanag hai unhone ne mujhe har ek cheez lakar di hai ,aur jo maine aaj unse ojo cheez mangi thi unhone ush cheez ke liye mujhe mana nahi kiya per tum jante hai vo cheez kaun shi hai ?
ME :
no mam ,per vo cheez kya hai
CHITRA:
vo cheez koi aur nahi tum ho .
ME :
shocked ,keh kya rahi ho aap apko pata bhi hai aap kaha aur mein kaha ?
firing start at that time :”

isse aage hamari baat aage badhti hee ki ush waqt kishi ne hma per hamla kar diya aur muujhe ush waqt do gooliyan bhi lagi jab ki ush kamre mein ham dono ke ilava koi aur teesra tha nahi toh vo logg acahank se kaiseh aaye ,aur unkimujseh yeh chitra se kya dushmani thi ,ki chitra se koi dushmani hee nahi thi sirf mujseh hee thi ,aur vo agar mujhper hamla karna hee cahte thhe vo kabhi pehle kyun nahi kiya / ushi din hee kyun kiya jab mein apne dil ki baat ushe batane vala tha / kya isme kishi ki saajish thi ,ye kahi ish haadse ke peeceh chitra ke papa ka hath toh nahi ,yeh kahi mere papa ne toh ye nahi karvaya ,aur vo karna bhi cahte toh mere sath kyun karte kyunki akhir mein toh unka eklauta beta hun na .aur koi apne bete ko kyun marega? mujeh en sab sab ke baare mein kuch nahi pata kyunki agar kishi insaan ko 9mm ki bullet vo bhi seedhe jkar chest per lage toh vo ush waqt ushe sirf yamraj hee asliyart mein yaad karte hai ,aur koi nahi ,aur meri bhi halat kuch aisahi hee thi ,mujhe toh bhi ye bhi nahi pata ki mujhe khair hospita laya kisna tha kyunki jab ush waqt thode der ke liye aanh khuli toh mein kahi aur tha ,per mein tha ,kaha mujhe kch nahi pata tha ,aur kahi isk peeche chitra toh nahi kyunki achanak se zindagi mein jab apko koi itni khushi aur uske dusre hee pal vo pal haadse mein badal jaaye toh uski seedha sakh ushi insaan per jata hai jisne apko ye khsuiyan di hai ,per vo kehta hai na jab yakeen ho tabhi apne kadam badhane chaiye . jabab toh kayi hai per saval aab bhi yehi hai ki ush haadse ke baad kya mein abhi bhi jinda hun ? aur agar jinda hun toh akhir hun kaha ,aur ish haadse ke peeche mastermind hai kaun ?

“"WAQT KAAM
THA VARNA
AANDAAZ HAM BHI
DIKHATE HAI

AUR JISH PARCAHI
MEIN
TUM
KHUD KO MEHFOOZ
RAKHNE KI
BAATEION KAR
RAHE HO
USHI
KI MEHFIL MEIN
JAKAR HAM TUMHARI
KABR SAJATE ."
"

www.ingramcontent.com/pod-product-compliance
Lightning Source LLC
LaVergne TN
LVHW101618210926
848480LV00009B/820